EXTRAITS DU GLOBE.

ARTICLES

SUR

L'HÉRÉDITÉ DE LA PROPRIÉTÉ,

PAR HENRI FOURNEL,

MEMBRE DU COLLÉGE DE LA RELIGION S.-SIMONIENNE,

INGÉNIEUR AU CORPS ROYAL DES MINES,

EX-DIRECTEUR DES MINES, FORGES ET FONDERIES DU CREUSOT.

PARIS,

AU BUREAU DU GLOBE ET DE L'ORGANISATEUR,

RUE MONSIGNY, N° 6.

M. DCCC XXXI.

RÉPONSE

A UNE BROCHURE INTITULÉE

QUESTIONS

SUR

LE DROIT D'HÉRÉDITÉ,

SPÉCIALEMENT CONSIDÉRÉ DANS LA MONARCHIE
ET DANS LA PAIRIE;

PAR M. LE BARON MASSIAS.

RÉPONSE

A UNE BROCHURE INTITULÉE

QUESTIONS

SUR

LE DROIT D'HÉRÉDITÉ,

SPÉCIALEMENT CONSIDÉRÉ DANS LA MONARCHIE ET DANS LA PAIRIE;

PAR M. LE BARON MASSIAS (1).

M. le baron Massias vient de traiter la haute question de l'hérédité dans un écrit qu'il termine par une note étendue, intitulée *Examen de la doctrine Saint-Simonienne*. Nous consacrerons un premier article à la réfutation des idées émises dans le corps de l'ouvrage; et dans un second article nous répondrons aux diverses objections présentées par M. Masias contre la doctrine de Saint-Simon. Cette discussion sera ce qu'elle doit être avec un homme consciencieux dont les pensées sont le fruit de longues méditations, et dont les erreurs mêmes ont leur source dans un sentiment profond de l'ordre et dans un amour sincère du bien public. M. Massias n'est pas de ceux qui croient devoir déchirer les personnes dans l'espérance de discréditer leurs idées, et qui pensent que le public peut avoir foi à des raisonnements *cherchés* sous l'inspiration de la colère. Il essaie bien de badiner un instant sur les fonctions du pape et de la papesse (comme il dit), mais il s'aperçoit à temps que dans cette voie sa plume est rebelle et qu'il force son talent; aussi renonce-t-il bientôt à la grâce et à la légèreté qui lui manquent pour reprendre son langage habituel.

Il est arrivé à M. Massias ce qui est arrivé à beaucoup de penseurs qui, après avoir sondé les profondeurs de la métaphysique, en ont rapporté les solutions qui passaient déjà

(1) Ces divers articles se trouvent dans les numéros du *Globe* des 26 juin, 26 août et 27 septembre.

pour vieilles dans les salons de tel ou tel voisin qui pourtant n'était rien moins que profond. Impuissants à s'élever à la hauteur d'une vue neuve et originale, ces penseurs explorent les subtiles argumentations des diverses écoles, demandent des révélations à leur conscience sous l'influence du milieu dans lequel ils vivent, et sous le joug de la pensée dominante à leur époque. Pressés par l'atmosphère qui les enveloppe, ils ne sauraient, malgré leurs efforts, modifier l'air qu'ils y puisent. Ils reçoivent et ne donnent pas; l'action extérieure les domine et les étouffe. C'est ainsi que M. Cousin, après avoir pâli sur Platon, Proclus, Descartes et Kant, après avoir interrogé les plus mystérieux replis de sa conscience, est venu aboutir au système constitutionnel, et, de sa voie prophétique, proclamer, vers 1828, la charte octroyée en 1814. Tel est aussi M. Massias, qui, résumant aujourd'hui les méditations d'une grande partie de sa vie (p. 7 de l'*avertissement*) sur les questions d'hérédité, arrive, à travers bien des écueils, à la conclusion que le *juste milieu*, sans peine et sans efforts intellectuels, a tirée de considérations assurément différentes de celles qui ont guidé l'auteur de l'ouvrage que nous examinons. Admirable accord entre la science et le bon sens bourgeois! s'écrieront certains journaux qui ont toujours une explication toute prête pour satisfaire les plus *positifs* d'entre leurs abonnés. J'ai toujours pensé ainsi, diront ces nombreux politiques qui ont sur toutes choses une *opinion à eux,* à peu près au même titre que tant d'autres *prônent* les auteurs en *réputation*, et *raffolent* des romans qui ont un *succès de vogue.* Ce qui précède montre assez la cause de cet *admirable accord*. Passons à l'examen des opinions de l'auteur.

Lorsqu'un homme a l'habitude de manier des idées et des raisonnements; lorsque, doué d'un esprit méditatif et consciencieux, il éprouve le besoin de remonter à la création pour arriver, en 1831, à une conclusion aussi étonnante que celle qui termine le livre de M. Massias, il est évident que c'est aux premières pages, au point de départ, qu'il faut aller demander la cause d'une solution qui vient choquer toutes les sympathies des hommes les plus avancés et mettre en oubli les nombreux arguments présentés par la logique la plus serrée contre les priviléges de la naissance. Il nous faut donc employer avec l'auteur la méthode qu'emploie, à l'égard de son propre travail, un mathématicien qui arrive à un résultat absurde; il commence par vérifier son calcul; si le calcul est juste, il y a force pour lui de remonter aux éléments qu'il a introduits dans l'équation ou dans les équations desquelles il est parti, car nécessairement ces éléments sont faux ou incomplets. En effet M. Massias entre en matière par une dissertation sur *le droit naturel* et *sur le droit politique*, dissertation de laquelle il conclut que :

« Le droit naturel est fondé sur les besoins qui dérivent de « notre organisation physique et morale; le droit politique « est fondé sur les besoins qui dérivent de la civilisation. » (Pag. 3.)

M. Massias sent bien que la question d'hérédité est primée par celle de propriété; aussi, après s'être demandé quelle est la différence entre le droit naturel et le droit politique, et avoir répondu par la formule que nous venons de transcrire, se pose-t-il une série de questions sur la propriété, sur sa transmission, sur le droit d'aînesse, sur les substitutions, sur le droit d'aînesse et de substitution dans les familles royales; enfin, sur les mêmes droits dans la pairie. A chacune de ces questions il se demande: « Est-ce de droit naturel ou de droit politique? » Et suivant lui LA PROPRIÉTÉ et SA TRANSMISSION sont à la fois de droit naturel et de droit politique (p. 10 et 13); le DROIT D'AÎNESSE est *conditionnel*, et il devient *réel* et *positif* par le bien que l'aîné fait au reste de la famille (p. 17); les SUBSTITUTIONS sont contraires au droit naturel, mais peuvent bien être de droit politique dans certains états relatifs de civilisation (p. 18 et 19); enfin, dans les familles royales et dans la pairie le DROIT D'AÎNESSE et de SUBSTITUTION est de droit politique. (P. 30 et 38.) Telles sont les diverses réponses qui amènent la conclusion générale suivante :

« L'hérédité de la royauté et de la pairie, et une chambre « élective régulièrement et librement formée, sont le véritable « ble gouvernement républicain, c'est-à-dire celui où, d'a- « près l'étymologie même du mot république, *il y a le plus* « *de communauté d'intérêts.* » (P. 54.)

On voit combien sont vaines et stériles toutes ces discussions que l'on prétend être très graves, sur le *droit naturel* et sur le *droit politique*, sur la *loi naturelle* et sur la *loi positive*. Disons-le hautement : Dieu n'a soumis l'homme qu'à une seule loi, à la loi du progrès vers l'association universelle, vers le classement selon la capacité et la rétribution selon les œuvres; le *droit de l'homme*, c'est de prétendre à tout ce qui est conforme à cette loi. Il est évident que le bien général a été variable avec tous les états par lesquels l'humanité a passé et qu'à chacun de ces états le droit naturel et le droit politique se sont confondus. Qu'au dix-huitième siècle la philosophie critique ait opposé au *droit divin* ce grand mot de *droit naturel*, on voit de suite dans quel but cette arme puissante a été saisie; mais qu'au dix-neuvième siècle on vienne nous dire « qu'il est un règlement social gravé dans le cœur de tous les « hommes, promulgué à toutes les consciences, indestructible, « éternel, etc. » (p. 7), en vérité, c'est renier l'évidence et calomnier tout le passé, qui ne serait alors qu'un long outrage *à ce qui nous semble être aujourd'hui* LA LOI NATURELLE.

« Toutes les nations ont un *droit des gens*, dit Montes- « quieu; et les Iroquois même, qui mangent leurs prison- « niers, en ont un. Ils envoient et reçoivent des ambassades; « ils connaissent les droits de la guerre et de la paix : *le mal est « que ce droit des gens n'est pas fondé sur les vrais prin- « cipes* (1). »

En effet c'est là le mal; je le crois sans peine, et suis de plus très convaincu que Montesquieu eût tracé les limites du *droit des gens* et *du droit naturel*, non seulement beaucoup mieux que les Iroquois, mais beaucoup mieux que le plus grand philosophe traçant les mêmes limites avant l'ère chrétienne. Platon (2) et Aristote (3) n'auraient pas manqué de dire quel

---

(1) *Esprit des lois*, l. 1, ch. 3.

(2) « Quand un esclave a manqué, il faut le punir *et ne pas s'en tenir « à de simples réprimandes*, comme on ferait à l'égard d'une personne libre, « ce qui le rendrait plus insolent. Quelque chose qu'on ait à leur dire il « faut toujours prendre un ton de maître, et ne jamais plaisanter avec ses « esclaves, soit hommes soit femmes, chose que beaucoup ont coutume « de faire, les gâtant par cette conduite inconsidérée, leur rendant l'o- « béissance plus pénible et à eux-mêmes l'autorité plus difficile. »

(Platon, les *lois*, t. VII, p. 362 de la traduction de M. Cousin.)

(3) « Il y a peu de différence, dit Aristote, dans les services que l'homme « tire de l'esclave et de l'animal. *La nature même* a voulu marquer d'un « caractère différent les corps des hommes libres et ceux des esclaves, en « donnant aux uns la force qui convient à leur destination, et aux autres

était le *droit naturel* des maîtres à l'égard des esclaves; et Lamech, Abraham, Esaü et Jacob seraient bien étonnés si M. Massias allait leur dire que la polygamie (1) n'était pas de droit naturel *au temps* où ils prenaient plusieurs femmes parmi lesquelles se trouvaient *leurs sœurs*. Je suis convaincu que la conscience des patriarches et celle des philosophes grecs était parfaitement tranquille, en dépit de la loi *promulguée* AUJOURD'HUI *à toutes nos consciences*. Disons-le, l'humanité a grandi, elle grandit tous les jours en moralité, en science, en bien-être matériel; et chercher les conditions de la société actuelle dans un prétendu code éternel dont les articles ont été gravés à l'origine dans le cœur de tous, c'est méconnaître le développement de l'humanité, c'est torturer l'histoire pour la plier à ses petites vues, c'est s'exposer à écrire des phrases comme celle-ci:

« *La pairie n'est pas une invention arbitraire,* ELLE EST » D'INSTITUTION NATURELLE. » (P. 38.)

Il nous semble que l'on doit éprouver un certain étonnement quand on arrive à une conséquence de cette force.

Les mêmes raisonnements s'appliquent à la propriété. « Les » Saint-Simoniens, dit M. Massias (p. 8), font dériver le » droit de propriété de la conquête. *Pour que cette assertion* » *fût tolérable,* IL FAUDRAIT QUE LES PEUPLES CONQUIS N'EUSSENT POINT DÉJA ÉTÉ PROPRIÉTAIRES, ce qui est contraire à » l'histoire (2). »

« une stature droite et élevée. » Et l'illustre philosophe, dit M. Cousin, en conclut qu'il existe des esclaves et des hommes libres *par nature*, et qu'ainsi *il est juste en soi* et utile pour l'esclave lui-même d'être et de rester ce qu'il est.

(*Politique* d'Aristote; liv. 1, chap. 2, § 14 et 15. — Cousin, p. 86 et 87, de l'*argument* placé en tête de sa traduction des *Lois*.

(1) Voici ce que dit à ce sujet Bergier, dont l'orthodoxie n'est pas contestée:

« Il n'a pas été nécessaire que Dieu dispensât les patriarches de la loi « naturelle, pour leur permettre d'*épouser leurs sœurs* ou *leurs proches* « *parentes,* ou d'*avoir plusieurs femmes;* dans les circonstances où ils l'ont « fait, il n'en résultait aucun inconvénient contraire à l'intérêt général, « *par conséquent la loi naturelle ne le défendait pas.* » (*Dict. de théologie,* tom. II, p. 551.)

(2) Dans le cas où M. Massias voudrait dire par là qu'antérieurement à l'invasion des Barbares il existait *un droit de propriété*, nous ne mainte-

Eh quoi! un homme pénètre dans un pays inhabité, il défriche un champ et le cultive; il est le propriétaire bien légitime de ce champ, nous en sommes d'accord avec vous (1). Puis un homme plus robuste que lui vient l'expulser ou le tuer pour s'emparer du fruit de son travail : celui-là, *selon vous,* est légitimement propriétaire, *parce que sa victime l'était à juste titre.* Je vous avoue que la proposition ne me semble pas bien facile à soutenir avec les armes fournies par notre conscience du 19e siècle; mais je vais vous mettre à l'aise, en vous faisant une très large concession, et vous expliquant ce que nous avons mal exprimé apparemment, puisque vous ne l'avez pas compris.

Nous ne contestons en aucune façon la légitimité des propriétaires conquérants. Nous reconnaissons que la force, c'est-à-dire la vertu guerrière, *a été un droit* et un *droit très naturel;* mais les propriétés sont possédées et transmises *aujourd'hui* sous l'influence de définitions qui ont leur source dans ces droits fondés par la force, et dont nous reconnaissons la légitimité *dans le passé.* Toute la question est donc de savoir si ce qui a été légitime dans un temps reste légitime malgré le mouvement qui entraîne incessamment l'humanité dans la voie progressive; mouvement qui est l'accomplissement de la loi à laquelle Dieu l'a soumise comme il a lancé les astres sur la tangente des courbes qu'ils décrivent.

Nous prononçons Non,

Car toutes les institutions qui furent légitimes aux différents états de civilisation, nous les avons vues devenir illégitimes dans un état de civilisation plus avancé; et la PROPRIÉTÉ, quoique vous la proclamiez *de droit naturel et de droit politique*, a subi elle-même les plus profondes transformations.

Il fut légitime de posséder *des hommes* au même titre que

---

nous pas moins que ce droit était lui-même *fondé* sur la conquête, car la propriété n'eut pas d'autre *fondement* dans tout le passé. Les Juifs n'ont-ils pas *conquis* la terre de Chanaan? Depuis lors le droit de propriété a pu subir des modifications importantes, mais il n'a pas changé dans son essence, puisque aujourd'hui, comme à l'origine, il consiste dans le privilége, pour le propriétaire, de prélever une prime sur le travailleur.

(1) Ce qui ne veut rien dire, si ce n'est qu'*à une pareille époque le droit de propriété est le droit du premier occupant.*

plus tard il fut légitime d'user et d'abuser *des choses*, et si vous me dites que cette pensée révolte aujourd'hui votre conscience, je vous répondrai que non seulement la *conscience antique* (1) ne s'indignait pas à cette même pensée, mais encore qu'elle traita des noms de *rêveurs* et de *perturbateurs* ceux qui les premiers proclamèrent la fraternité humaine et saluèrent l'esclave du nom d'homme. « Galiléens, disait Julien au milieu du quatrième siècle, les opinions que vous soutenez sont *des chimères* que vous avez inventées (2). » Et Suétone, au commencement du second siècle, avait félicité Claude, le stupide Claude, d'avoir chassé de Rome les juifs, qui, à l'instigation de Christ (*impulsore Christo*), étaient de continuels agitateurs (*assiduè tumultuantes*) (3). En effet ils devaient apparaître comme des *rêveurs*, ceux-là qui avaient une foi profonde dans un ordre social *où le mérite* serait le seul titre pour monter les degrés du trône de saint Pierre; ils devaient apparaître comme des *perturbateurs* ceux-là qui proclamaient la décrépitude de la société romaine, annonçaient sa fin prochaine, renversaient *un droit* qui paraissait *si naturel*, et appelaient de toute la puissance de leur amour le jour où l'esclavage, *base fondamentale des sociétés antiques*, serait répudié par la conscience humaine.

Un *philosophe romain* badinant un *chrétien* se serait cru bien fort et bien victorieux en lui demandant qui rangerait les siéges du sénat? M. Massias est fort inquiet sur ce point, et nous demande (p. 15) qui règlera la place des banquettes du Pont-Neuf et celle des fauteuils de la chambre des pairs? Qu'il se rassure, les hommes qui feront la police au sein de notre société ne seront pas des hommes flétris; quant aux fauteuils de la chambre des pairs, on en conservera *un* dans le musée des antiquités avec quelques livres de métaphysique constitutionnelle.

M. Massias nous reproche enfin (page 15) d'admettre l'inégalité des hommes entre eux, sans tenir compte de l'égalité de la nature humaine; « qu'il soit en grande ou petite quan-

(1) « Une cité, pour être *complète et parfaite*, commence par dire Aristote, doit être composée d'hommes libres et d'esclaves. »
(*Politique*, liv. 1er, ch. 2, § 1.)

(2) *Défense du Paganisme*, t. 3, p. 39 des OEuvres complètes.

(3) Suétone, règne de Claude, p. 301.

« tité, dit-il, pur ou mélangé, l'or est toujours de l'or. Pour « être différents entre eux, les hommes n'en sont pas moins « hommes. »

Est-ce bien sérieusement qu'un défenseur de *l'hérédité de la pairie* nous adresse un pareil reproche? Eh quoi! nous qui reconnaissons l'égalité sans restriction au berceau, et qui disons seulement que *l'homme se développe* INÉGALEMENT *en moralité*, *en science*, *en industrie;* nous qui, au point de départ, *plaçons tous les hommes dans des conditions également favorables*, pour qu'ils se placent dans l'ordre social *au rang qu'ils méritent;* vous nous reprochez d'admettre *la hiérarchie du talent,* vous qui admettez la *hiérarchie de la naissance!* En vérité, c'est à n'y rien comprendre.

Vous dites que la propriété et son mode de transmission sont de droit naturel et de droit politique; vous condamnez ainsi d'un seul mot l'immense majorité à une éternelle réprobation, et vous nous accusez de méconnaître la dignité humaine! Mais soyez donc touché au moins par les conséquences hideuses de l'ordre social que vous vantez; voyez autour de vous *les travailleurs* épuisés à côté des *oisifs héréditaires* qui regorgent de tous les biens; et, de grâce, raisonneur impitoyable, demandez-vous *s'il n'est pas de droit naturel et de droit politique* que toutes les institutions sociales aient pour but l'amélioration morale, intellectuelle et physique de la classe la plus nombreuse et la plus pauvre, et que chacun soit rétribué selon ses œuvres.

Avant de passer à l'*examen de la doctrine Saint-Simonienne,* M. le baron Massias, dans un *postscriptum* de douze pages, essaie de réfuter diverses opinions émises sur l'hérédité, et en particulier un écrit publié par M. Berton, avocat au conseil, écrit dans lequel l'auteur a conclu en faveur d'une pairie viagère. Au point de vue où nous sommes placés, cette discussion offre peu d'intérêt; nous dirons seulement que tout l'avantage reste à M. Berton : nous en citerons un exemple.

« A ceux qui sont partisans de l'*hérédité* de la pairie, dit « cet avocat, je leur demanderai s'ils donneraient une mai- « son à achever au fils de leur maître maçon, par cela seul « qu'il est issu de son mariage, et sur le simple vu des pièces « qui constatent la filiation, accompagnées d'un certificat de « bonnes vie et mœurs. »

L'argument, sous cette forme très simple, ne laisse pas

d'être pressant; aussi M. Massias y répond-il fort mal, puisqu'il répond affirmativement; mais on s'aperçoit bien vite qu'il est mécontent de lui, qu'il ne se sent pas victorieux et qu'il avait sur les lèvres une réponse négative; « car, après « tout, dit-il, cette comparaison est inapplicable de tout « point; en matière aussi grave, il s'agit de donner de bonnes « raisons, et non d'amuser le lecteur par une comparaison « quelconque. » (Page 66.)

Quelconque n'est pas très poli, mais on voit si bien pourquoi M. Massias eût préféré une autre comparaison, qu'il y aurait trop de sévérité à le chicaner sur ce détail.

Arrivons donc à la doctrine Saint-Simonienne, et *répondons à l'examen* de M. Massias; car cet examen est une attaque dans les formes. Les principes, la fin et les moyens de notre religion y sont soumis successivement à une critique dont nous ne reproduirons que la partie sérieuse. Nous ferons grâce à nos lecteurs des plaisanteries de M. Massias, qui n'a hérité des armes de Voltaire qu'en ligne collatérale, et à un degré passablement éloigné.

« D'abord, dit l'orateur, le fondateur de la religion nou« velle fut athée et matérialiste; il n'a jamais *abjuré formel« lement* ces mauvais principes, et cependant *il en a établi « de tout opposés* dans son NOUVEAU CHRISTIANISME; il semble « même reconnaître la divinité de Jésus-Christ; car il n'a pas « craint d'écrire: *Ce que je viens de dire n'est aucunement en « opposition avec la croyance à la divinité du fondateur du « christianisme.* » Mais alors, s'écrie dévotement M. Massias, il réforme donc l'ouvrage de Dieu même! il élève donc sa sagesse propre au-dessus de la sagesse suprême!

Voilà le danger des citations quand on n'a pas le courage de les faire complètes. Saint-Simon, qui avait prévu cette objection, s'était hâté d'y répondre. Voici le passage complet :

« Ce que je viens de dire n'est nullement en opposition avec « la croyance à la divinité du fondateur du christianisme; « *Jésus n'a pu tenir aux hommes que le langage qu'ils pou« vaient comprendre à l'époque où il leur a parlé;* il a déposé « dans les mains de ses apôtres *le germe* du christianisme, et il « a *chargé son église du développement* de ce germe précieux; « il l'a chargée du soin d'anéantir tous les droits politiques

« dérivés de la loi du plus fort, et toutes les institutions qui « forment des obstacles à l'amélioration de l'existence morale « et physique de la classe la plus pavre (1). »

Au reste, l'objection n'est pas nouvelle. Julien disait aux chrétiens de son temps : « Galiléens, vos opinions sont con- « traires à celles des Hébreux et A LA LOI QUE DIEU LEUR A « DONNÉE (2).

« Mais pourquoi, ajoute l'illustre empereur, m'arrêter à « réfuter ce que disent les Galiléens, lorsqu'il est aisé de voir « que leurs raisons n'ont aucune force? *Ils prétendent que* « DIEU, *après avoir établi une première loi, en a donné une* « *seconde; que la première n'avait été faite que pour un cer-* « *tain temps, et que la seconde lui avait succédé parce que* « *celle de Moïse n'en avait été que le type* (3). »

Les chrétiens avaient grand'raison de répondre ainsi; et à ceux qui aujourd'hui sont encore chrétiens ou qui *croient* l'être nous pouvons opposer une autorité qu'ils ne récuseront pas, c'est celle de BERGIER, qui commence l'introduction placée en tête de son *Dictionnaire de théologie* par ces paroles remarquables : « DIEU, disent les PÈRES DE L'ÉGLI- « SE (4), donne au genre humain des leçons convenables à « ses différents âges : comme un père tendre, il a égard au « degré de capacité de son élève. »

Voilà pourquoi le langage que Dieu parle par la bouche de ses révélateurs varie de Moïse à Jésus, de Jésus à Saint-Simon; et remarquez que ce langage est *toujours progressif.* Remarquez encore que le passage du *Nouveau christianisme* que j'ai cité plus haut est aussi une réponse victorieuse au reproche que l'on nous adresse souvent d'enseigner des doctrines auxquelles Saint-Simon n'a jamais songé; car nous aussi nous *développons le germe précieux que* SAINT-SIMON *a déposé dans nos mains.*

Vous préendtez que le principe évangélique *Aimer Dieu*

---

(1) *Nouveau christianisme*, p. 66, 1825.

(2) *Défense du paganisme*, p. 46.

(3) *Ibid.* p. 59.

(4) Tertull., l. *de Virgin. velandis*, c. 1; S. Aug., l. *de Verâ religione*, c. 25 et 27, etc. ; Théodoret, *Hæret. fab.*, l. 5, c. 17 ; *de Provid.*, *Orat.* 10, etc.

et le prochain comme soi-même renferme évidemment le précepte de Saint-Simon. Cela est évident. Mais pourquoi donner à ce principe le nom d'*évangélique*, quand vous savez très bien que Moïse avait dit quinze cents ans avant Jésus :

« Ne vous vengez point, et ne gardez pas de ressentiment « contre ceux de votre peuple, mais AIMEZ VOTRE PROCHAIN « COMME VOUS-MÊME. Je suis le Seigneur (1). »

Moïse avait dit encore :

« Vous aimerez le Seigneur votre Dieu de tout votre cœur, « de tout votre âme et de toute votre force (2). »

Jésus reconnaît formellement devant les Pharisiens que *toute la loi et les prophètes se réduisent à ces deux grands commandements* (3).

En conclurez-vous que le christianisme n'avait pas de mission sur la terre, et ne voyez-vous pas que votre objection s'applique aussi bien à Jésus qu'à Saint-Simon? Ne voyez-vous pas que ce principe a pu traverser les âges et recevoir des *applications nouvelles ?* Relisez le sermon sur la Montagne (4), et vous verrez la *transfiguration* que Jésus a fait subir à la loi de Moïse. Relisez le *Nouveau christianisme*, que vous avez mal compris, et vous verrez *l'application nouvelle et progressive* que Saint-Simon vient faire de ce principe, dans lequel il se hâte de reconnaître que tout est compris, puisqu'il le prend pour épigraphe de son livre.

M. Massias continue :

« L'école Saint-Simonienne *se flatte de pratiquer un culte* « *plus complet que le culte catholique*. Nous n'avons rien vu « qui tendît à justifier cette prétention dans les assemblées « de la salle Taitbout. »

Rien n'est plus facile que de rendre ridicule le langage de ses adversaires. Un moyen souvent employé par des personnes qui ne sont pas aussi consciencieuses que M. Massias consiste à extraire un petit membre de phrase, à le présenter

---

(1) *Lévitique*, ch. XIX, v. 18.
(2) *Deutéronome*, ch. VI, v. 5.
(3) Evangile selon saint Mathieu, ch. XXI, v. 36 à 40.
(4) *Ibid.*, chap. V, VI et VII.

isolé, et à s'écrier : « Voilà ce qu'ils disent! » En rétablissant ici le passage invoqué par M. Massias, je vais montrer avec quel excès il a abusé de ce moyen. Nous avons dit :

« La société actuelle attaque les jésuites, rien de mieux; « PASCAL et VOLTAIRE n'ont pas parlé en vain; mais elle ne « songe pas que les jésuites ne sauraient disparaître tant « qu'une institution propageant des *croyances* communes, « supérieures aux croyances catholiques, professant un *dogme* « plus large que le dogme catholique, *pratiquant un* CULTE « *plus complet que le culte catholique*, n'aura pas été con- « çue et RÉALISEE (1). »

J'en appelle à M. Massias lui-même, et je lui demande ce qu'il dirait de nous si nous allions dérober dans un volume de 450 pages cinq ou six mots *placés entre deux virgules*, pour donner une idée *exacte* de ses prétentions.

Une religion *naissante* a un culte qui correspond à l'état dans lequel elle se trouve; et M. Massias doit très bien savoir que la religion catholique, *à son début*, n'a pas présenté la pompe qui plus tard, embellissant son culte, a pu sans inconvénient le rapprocher de la *beauté* du culte païen, à mesure que l'époque païenne s'éloignait davantage. Nous ne saurions rapprocher trop souvent les points de ressemblance qui existent entre nous et les premiers chrétiens.

« Ce qui irritait encore les Romains contre les chrétiens, « dit Mosheim, c'était la simplicité du culte de ces derniers, « qui n'avait aucun rapport avec celui des autres peuples; « *point de sacrifices*, *point de* TEMPLES, *point d'images*, *point* « *d'oracles et point d'ordres de prêtres*. Il n'en fallait pas da- « vantage pour scandaliser une multitude ignorante qui s'i- « maginait qu'il ne pouvait y avoir de religion où cet exté- « rieur manquait; aussi les regardait-on comme des espèces « d'athées; et, selon les lois romaines, ceux qui ne reconnais- « saient aucune divinité étaient considérés comme les fléaux « les plus dangereux de la société (2). »

M. Massias sait comme nous que Jésus-Christ n'institua que deux cérémonies, *le baptême et la sainte cène* (3); il sait

(1) *Exposition de la doctrine de Saint-Simon*, introduction, p. 43.
(2) Mosheim, *Histoire de l'Eglise*, t. I, p. 78.
(3) Bergier, t. II, p. 7.

de plus à quoi elles se réduisaient pendant le premier siècle de notre ère, et cependant Jésus pouvait dire en toute vérité aux gentils *qu'il venait apporter un culte plus complet que le culte païen.*

« A défaut de la prééminence de son dogme et de son cul-« te, poursuit l'auteur, cette école abonde en enthousiasme. » Il est vrai; nous sommes obligés d'avouer que ce reproche, si grave à l'époque actuelle, est bien mérité. Au sein d'une société qui se meurt, en présence d'hommes qui pratiquent *religieusement* l'égoïsme qu'ils professent avec effronterie, il est de bonne logique que l'enthousiasme et le dévouement soient livrés à la risée publique. Nous ne pouvons pas nous plaindre ici d'avoir été calomniés : M. Massias a fait *courageusement* justice; mais pourquoi refuse-t-il justice à notre Maître, que nous comparons souvent à Moïse et à Jésus!

« Ce nouveau Moïse, dit-il, ce nouveau Christ, ce Messie « *définitif* a tenté et manqué un suicide sur lui-même, et « dans son code religieux il ne fait aucune mention des pei-« nes et des récompenses futures. » (P. 70.)

M. Massias a-t-il quelquefois médité sur la vie des révélateurs, sur la stature de ces hommes qui viennent se mettre seuls dans la balance pour emporter tout un monde et l'entraîner à un progrès nouveau? A-t-il cherché à mesurer les douleurs de ces hommes puissants par le cœur, par la tête, et par une prodigieuse activité, qui, tout pleins d'une foi ardente dans la parole d'amour qu'ils jettent à un peuple, voient ce peuple détourner la tête en fermant les yeux et en se bouchant les oreilles? A-t-il oublié Jésus, l'*homme-dieu*, prosterné la face contre terre dans le jardin des Olives, épouvanté de la pensée qu'il va laisser les destinées de l'humanité aux mains d'hommes qui naguère avaient encore dans le cœur *une* pensée égoïste et le pressaient de dire *quel était le plus grand d'entre eux?* Cette pensée funeste lui apparaît, et pourtant il est face à face avec une mort inévitable; le désespoir dans l'âme, il s'écrie :

« Mon père, je suis pénétré d'une tristesse mortelle; *s'il* « *est possible, faites que ce calice s'éloigne de moi* (1). »

---

(1) Evangile selon saint Mathieu, chap. XXVI, v. 38 et suiv.

« Alors il lui apparut un ange venu du ciel qui le *fortifia.*
« Et lui, étant *réduit à l'agonie,* redoublait ses prières (1). »

M. Massias a-t-il oublié *les chutes* de Moïse, chutes qui furent autant de triomphes, car Moïse se releva toujours plus grand: ici brisant avec désespoir les *Tables de la loi* (2) lorsqu'il voit son peuple, retournant à l'idolâtrie, s'agiter en danses insensées autour d'un veau d'or; plus tard, s'écriant avec un accent déchirant, en présence de cette multitude affamée :

« Seigneur, Seigneur ! je ne puis porter seul tout ce peuple,
« parce que c'est un fardeau trop pesant pour moi. Si j'ai
« trouvé grâce devant vous, *je vous conjure de me faire plu-*
« *tôt mourir* que d'en user ainsi avec moi, afin que je n'é-
« prouve plus une si grande affliction (3). »

Hé bien oui ! Saint-Simon aussi a cherché la mort, et ne l'a pas rencontrée; il a cherché la mort, et il a trouvé une vie nouvelle; qu'en voulez-vous conclure contre lui ? — Qu'il était imparfait ? Avons-nous jamais dit qu'il fût Dieu ?

Quant au reproche que vous lui adressez d'avoir gardé le silence sur les peines et les récompenses futures, vous commettez deux erreurs : la première, c'est que son silence sur cette grande question n'a pas été absolu ainsi que vous le prétendez (4); la seconde, c'est que vous confondez le dogme Saint-Simonien avec le dogme catholique. Nous avons trop profondément conscience du *progrès* social et individuel pour croire à des *peines* après la mort. Je vous engage à ne pas vous hâter de nous *juger* avant de connaître les idées par nous émises dans le volume qui est sous presse.

Je vous rappellerai, en terminant, que les révélations ont été d'autant plus minutieusement tracées qu'elles étaient faites à des peuples plus arriérés.

Jésus a dû être compris plus facilement que Moïse, Saint-Simon sera compris plus facilement que Jésus. Le *dernier Testament devait être le plus court.*

M. Massias trouve fort ridicule un état social délivré de ces douloureuses alternatives auxquelles nous avons donné le

(1) Evangile selon saint Luc, chap. XXII, v. 43.
(2) *Exode*, ch. XXXII, v. 19.
(3) *Nombres*, ch. XI, v. 14 et 15.
(4) *Nouveau Christianisme*, p. 51.

nom d'*époques critiques*. « Notons, dit-il avec une intention railleuse, que la société, telle que la constitue Saint-Simon, ne renferme QUE des *savants*, des *artistes* et des *industriels*. » (P. 70.) Vous plairait-il nommer ce qui manquerait à une pareille société? Ah! j'entends : Saint-Simon a oublié d'y comprendre des pairs héréditaires, des oisifs héréditaires, des gouvernants à votre mode, des diplomates, des légistes, des soldats exercés à la destruction; il a oublié tous ces frelons qui savent si bien affamer les abeilles, il a oublié de *conserver* les éléments de cette lutte engagée, depuis l'apparition de l'homme sur la terre, entre la force et la faiblesse, entre les exploitants et les exploités, entre les oisifs et les travailleurs; c'est vraiment grand dommage, et Saint-Simon est un fou sans égal. Mais peut-être ai-je tort de nommer ce que vous regrettez; il sera mieux que vous le disiez vous-même, car je craindrais de vous faire tenir un langage qui ne serait pas l'expression de votre pensée. Oserai-je vous demander pareille réserve si dans l'avenir vous songez encore à expliquer au public ce que nous enseignons. Vous avez écrit dans le chapitre auquel je réponds :

« Lorsque ces trois ordres de travailleurs (savants, artistes, industriels) auront, pendant quelques centaines d'années, fait des progrès sans interruption, sans crises, et d'une manière continue, nous verrons dans tous les genres des merveilles dignes des temps de féerie.... Parlons sérieusement : L'HOMME EST PERFECTIBLE SANS DOUTE, *mais seulement dans les bornes de ses facultés*, *qui ne vont pas jusqu'à l'infini*. » (P. 71.)

Je vous prie instamment de vouloir bien me citer le passage, si court qu'il soit, qui vous a laissé croire que nous faisions l'homme identique avec Dieu, c'est-à-dire possédant amour, intelligence et force INFINIS. Pour moi, je pourrais vous écraser de citations puisées dans nos écrits, citations desquelles il ressortirait que nous avons professé mille fois et sous mille formes que « l'homme est un être FINI; que par conséquent il est inévitable, quel que soit son développement, « qu'il arrive toujours à une limite où le mystère commence « pour lui »; que « l'homme, manifestation de Dieu, Dieu « lui-même *dans l'ordre fini*, est, comme Dieu, comme « l'être UN, comme l'être INFINI, dans son unité vivante,

« amour, et, dans les modes de sa manifestation, intelligence « et force. »

En réfutant des idées que nous n'avons pas émises, M. Massias a simplifié sa tâche, et c'est avec la même légèreté qu'il prête à notre Maître des *suppositions* qu'il n'a jamais faites. « Saint-Simon, dit-il, en annonçant comme devant bientôt arriver le temps où la civilisation serait progressive, « sans interruption, secousses ni crises, a *supposé* qu'un jour « les hommes pourraient être *sans passions, sans antago-* « *nisme*, c'est-à-dire qu'ils pourraient cesser d'être hom- « mes. »

Je prie M. Massias de prêter toute son attention à l'argumentation suivante, qui au fond est des plus simples.

Si après une série d'efforts l'homme retombe pour remonter *au point où il était parvenu*, et retomber encore, je ne vois là que le double supplice de Tantale et des Danaïdes, et je recule devant la moralité qui ressortirait d'une pareille croyance. M. Massias recule aussi; car il admet que *l'homme est perfectible*.

Si au contraire, après chacune des crises que M. Massias déclare inévitables, l'homme *accomplit un progrès* (ce qui est certain *puisqu'il est perfectible*), je ne vois plus à débattre qu'une *question de temps*, et je cherche où est l'objection que M. Massias prétend faire à Saint-Simon. Il *ne peut croire* à des progrès accomplis *sans interruption* en *quelques centaines* d'années, mais *il croit* aux mêmes progrès faits *avec interruption* pendant *quelques milliers* d'années; nous mettrons plus, s'il le veut, car *le temps ne fait rien à l'affaire*, et la difficulté, *si c'en était une*, resterait la même. Un de ces hommes qui croient que l'humanité est arrivée à l'apogée de son développement pourrait retourner contre M. Massias ses propres gentillesses, et lui dire: « Quels Newton et quels Laplace « aura le genre humain à une pareille époque! quels Homère « et quels Milton! La musique de Rossini ne sera que le « coassement des grenouilles près de celle qu'on entendra, et « Saint-Pierre de Rome et le Louvre ne seront que de misé- « rables cahutes, comparés aux basiliques et aux palais « qu'on élèvera dans ces temps de féerie. » (P. 71.)

C'est assurément sans intention que M. Massias s'est fait une objection à lui-même. Il n'a pas vu que la seule objection possible consistait à NIER LE PROGRÈS. Maintenant est-il vrai que Saint-Simon ait *supposé* qu'un jour les hommes pourraient être sans passions? A Dieu ne plaise! Saint-Simon n'a *supposé* que ce que son génie a su lire dans les faits, savoir : qu'*aux époques d'ordre* les passions pouvaient être *dirigées, tournées* vers le but social qui est connu; tandis qu'*aux époques de désordre*, aux époques comme la nôtre, elles prennent toujours le caractère de *passions mauvaises*, parce qu'elles sont l'expression de l'amour déréglé de chaque individu pour soi-même. Je suis heureux de voir un Romain dévoré de la passion de la gloire, je sais d'avance que c'est LA PATRIE qui sera glorifiée en lui, parce que le sénat est digne de porter les destinées du monde, et qu'il saura satisfaire à la fois la grandeur de Rome et l'ambition la plus vaste née au cœur d'un de ses enfants. Je tremble quand, dans une société livrée à l'égoïsme et abandonnée *sans guide*, je vois poindre la plus petite ambition dans un cœur, car j'ai l'assurance que tout sera immolé par ce cœur dépravé qui ne compte que *ses joies* et qui n'a jamais tressailli aux *douleurs des autres*. Je suis sûr qu'il jouira tout seul.

Ici s'arrête la critique que M. Massias prétend faire de *nos principes*. Il doit la trouver bien faible maintenant. L'auteur passe ensuite à un paragraphe intitulé *Fin de la doctrine Saint-Simonienne;* paragraphe dans lequel il cherche à établir que l'*association universelle* est un projet insensé. « Eh « quoi! dit-il, le genre humain ne formerait qu'une maison « de commerce, et le globe entier qu'un atelier agricole et « manufacturier... Qu'a besoin le Lapon qui trait ses rennes « de s'associer avec le tisserand de Calcutta? » (P. 72.)

Je demande pardon à M. Massias d'avoir mis au jour ce passage si drôle. Je lui dirai pour toute réponse que je ne vois pas trop comment on peut nier que le globe soit un vaste atelier industriel; que je ne vois pas davantage comment on peut nier la possibilité d'introduire un bon *règlement* dans cet atelier; que je ne vois pas enfin comment on peut nier la puissance de l'association.

La plus grande difficulté qui se présente à l'esprit de M. Massias, c'est « qu'il faudrait *préalablement* engager le genre « humain à adopter un même idiome, en dépit de la diver-

« sité des organisations, et à *se résigner à une paix perpé-*
« *tuelle.* » (*Ibid.*)

Il est évident, au contraire, que les peuples seront unis dans une même pensée avant d'adopter un même idiome ; et l'on conçoit très bien comment la France, l'Angleterre et la Prusse pourraient être d'abord alliées, puis associées, alors même que ces trois grandes nations parleraient encore trois langues différentes. L'unité de langage suivra-t-elle l'unité de doctrine? Nous le pensons. Je rappellerai à ce sujet à M. Massias les paroles d'un catholique, paroles qui lui sont sans doute connues :

« Réfléchissons d'abord, dit de Maistre (1), sur la *langue*
« *universelle.* Jamais ce titre n'a mieux convenu à la langue
« française ; et ce qu'il y a d'étrange c'est que sa puissance
« semble augmenter avec sa stérilité. Ses beaux jours sont
« passés : CEPENDANT tout le monde l'entend, tout le monde
« la parle, et je ne crois pas même qu'il y ait de ville en Eu-
« rope qui ne renferme quelques hommes en état de l'écrire
« purement. La juste et honorable confiance accordée en
« Angleterre au clergé de France exilé a permis à la langue
« française d'y jeter de profondes racines ; c'est une seconde
« conquête peut-être, qui n'a point fait de bruit, car Dieu
« n'en fait point, mais qui peut avoir des suites plus heureu-
« ses que la première. . . . .

« Tout annonce que nous marchons vers une grande unité,
« que nous devons *saluer de loin* pour nous servir d'une tour-
« nure religieuse. Nous sommes douloureusement et bien
« justement broyés ; mais si de misérables yeux tels que les
« miens sont dignes d'entrevoir les secrets divins, nous ne
« sommes *broyés* que pour être *mêlés.* »

Mais pour être *mêlés*, *unis*, *associés*, il faudrait *se résigner à la paix.* Ah! M. Massias, je ne soupçonnais pas en vous cette ardeur guerrière qui vous entraîne à *rêver* des batailles pour ces populations européennes dont tous les soupirs sont pour la paix. En vérité vous ne croyez pas à la perfectibilité. Ne dirait-on pas, à vous entendre, qu'Attila et ses hordes rugissent des cris de mort sur les sommets des Alpes-

(1) *Soirées de Saint-Pétersbourg*, t. 1er, p. 168.

Julies, ou que Rollon va remonter la Seine et la Loire avec ses snekkar (1) pour rançonner Paris et Orléans.

La vie passée de l'humanité fut éminemment belliqueuse; DONC, selon vous, *sa vie future* sera belliqueuse encore. Vous rayez ainsi d'un trait de plume le progrès si facile à saisir dans le caractère même des guerres qui se sont succédé depuis l'antiquité jusqu'à nos jours. Nous sommes de jeunes fous de croire, POUR L'AVENIR, à une *paix perpétuelle*; et vous, vous êtes un sage à cheveux blancs, parce que vous croyez à une *guerre perpétuelle* entre les enfants des hommes. Quelles seront donc les conséquences de la perfectibilité à laquelle vous croyez? En attendant votre réponse à cette simple question, nous allons suivre votre plaidoyer contre les *moyens de la doctrine Saint-Simonienne*.

« A chacun selon sa capacité, à chaque capacité suivant ses « œuvres » est une maxime détestable. Voulez-vous savoir pourquoi? écoutez, M. Massias va vous le dire en deux mots: « Attribuer exclusivement les places, les honneurs et la for- « tune aux plus savants et à ceux qui se distinguent le plus « dans les arts et les métiers, est *consolider et sanctionner les* « *inégalités naturelles, et mettre le faible à la disposition du* « *fort et de l'habile.* » (P. 72.)

Au fait, ce genre de danger est moins grand quand, à la faveur de la loterie de la naissance, les forts et les habiles sont si souvent *à la disposition* des sots et des ignorants. Serait-il vrai que sur la surface du globe il existe quelques hommes qui pensent que la force doit *aider, guider, gouverner* la faiblesse? serait-il vrai qu'ils osent dire que la faiblesse aura respect et amour pour la force, et que, dans une société pacifique, on retrouvera l'image qu'offrait jadis la société militaire, savoir une foule innombrable, *fière d'obéir* à des chefs vaillants? Hâtons-nous de proclamer que ces hommes sont des insensés; il y va du plus précieux de nos priviléges, du privilége en vertu duquel, sans œuvres ni capacité pour jouir, on n'a qu'à naître, à prendre et recevoir.

Ces dernières paroles sont de M. Massias lui-même, et, malgré l'inconvénient de les redire encore une fois, je vais re-

---

(1) Bateaux à vingt bancs de rameurs, dont se servaient les Normands dans les guerres de côtes. (*Depping*, p. 71.)

produire le passage complet où elles se trouvent, parce que j'ai cru remarquer que l'auteur attachait une grande importance à la pensée qui s'y trouve renfermée.

« Pour que, en bonne logique, il fût fait à chacun suivant « sa capacité et ses œuvres, il a fallu abolir le droit d'héri- « tage, *dans lequel il n'y a ni œuvres ni capacité, et où, pour » jouir, on n'a qu'à naître, à prendre et recevoir;* pour abo- « lir le droit d'héritage, il a fallu détruire le droit de don- « ner et de transmettre ses biens, c'est-à-dire la propriété. « Mais pour détruire le droit de propriété mobilière et im- » mobilière, il faut détruire la propriété de nous-mêmes, « qui passons en partie dans nos travaux intellectuels, ma- « nufacturiels et agricoles. Il reste donc à l'école novatrice, « pour asseoir ses doctrines sur un argument vraiment ra- « tionnel et irréfragable, à prouver l'illégitimité de la pro- « priété de nous-mêmes. » (P. 73.)

M. Massias avait plus haut expliqué en ces termes *comment nous passons* dans nos travaux :

« Tous les biens que l'homme possède ou peut posséder « proviennent, en dernière analyse, de quelqu'un de ses ac- « tes. La terre, l'air, la mer, auront beau lui offrir leurs « productions spontanées, *il ne se les appropriera que par « son action.* Pour respirer l'air qui l'enveloppe de tous cô- « tés, il faut même de sa part un mouvement volontaire. *No- « tre sueur est entrée, nous sommes pour ainsi dire entrés « dans le sillon que nous avons entr'ouvert et ensemencé.* « C'est ce qu'a fort bien compris et excellemment dit Rous- « seau dans le dialogue entre Emile et son jardinier : Les « biens nécessaires à notre existence et à notre sustentation « QUE NOUS NOUS PROCURONS PAR NOTRE TRAVAIL *nous « appartiennent donc* autant que ce travail, autant que nous « nous appartenons à nous-mêmes. » (Pages 6 et 7.)

Oui sans doute notre travail nous appartient; aussi VOULONS-NOUS que *celui qui travaille jouisse* des produits qu'il a créés, et NE VOULONS-NOUS PAS qu'un *propriétaire* OISIF jouisse des produits *qu'un autre a arrosés de sa sueur.*

Toute l'erreur de M. Massias consiste à appliquer *au propriétaire* ce qui n'est vrai que pour *le fermier.* L'héritier *ne sue pas,* il n'a que la peine de naître ; il *n'entre dans rien,* il ne produit rien, il consomme, et nécessairement il consomme ce qui appartient à autrui. Citer Rousseau en pareille matière n'est pas adroit, car si M. Massias invoque le livre II de l'*Emile,* nous invoquerons le livre III, où Rousseau dit tout franchement :

« Celui qui mange dans l'oisiveté ce qu'il n'a pas gagné « *lui-même* LE VOLE ; et un rentier que l'état paie pour ne « rien faire ne diffère guère à mes yeux d'un brigand qui vit « aux dépens des passants » (1).

C'est pour qu'il n'y ait ni brigandage ni vol, c'est pour *garantir à chaque passant la propriété de lui-même,* et empêcher que cette propriété ne soit *pillée* par des voleurs *bien nés,* que nous voulons que chacun soit le fils de ses œuvres.

Mais je ne craindrai pas d'aller plus loin.

Si M. Massias entend par propriété le droit d'user et d'abuser, et qu'il me demande si l'homme est propriétaire de lui-même, je n'hésite pas à lui répondre NON ; car l'homme qui abuserait de ses forces intellectuelles ou physiques de telle sorte qu'il en pût résulter dommage pour lui et pour les autres, celui-là doit être *modéré* par ses chefs ; l'intérêt de tous et son intérêt propre le veulent ainsi ; il doit être *empêché complètement* dans le cas où il s'arrogerait le droit d'attenter à ses jours. Si j'avais le malheur de croire à la théorie de M. Massias sur *la propriété de moi-même,* à chaque nouveau suicide qui viendrait grossir cette liste toute remplie par les victimes de l'oisiveté et par les victimes des ardeurs sans frein, à chaque nouveau suicide je dirais froidement : « Cet homme a usé de son droit, il était légitime propriétaire » de lui-même. »

Et pourtant d'où vient donc que je sens en moi vie et spontanéité ? D'où vient donc que, librement associé, j'ai conscience de n'avoir pas abdiqué la propriété de moi-même ? C'est qu'au sein de la société Saint-Simonienne il n'est fait aucune part pour l'oisiveté ; c'est que là et là seulement nul attentat n'est commis contre mon travail ; c'est que là où il est donné *à chacun selon ses œuvres,* là seulement est respectée cette propriété de soi-même qui, dans vos sociétés à privilèges, est rançonnée par les paresseux brevetés.

« Saint-Simon, dites-vous, ne connaissait que bien impar-

(1) *Emile*, l. III, t. 8, p. 338, in-8° 1821.

« faitement la nature humaine. De l'inégalité de nos facultés « physiques et morales qu'il a observée, et de notre égalité de « nature dont il n'a pas tenu compte, naissent deux forces: « l'une brute, qui soumet le faible à l'oppression; l'autre « morale, qui le met sous sa protection de la loi, laquelle ne « connaît que des égaux. » (P. 73.)

En vérité nous étions en droit de croire que cette amère mystification d'*égalité* DEVANT LA LOI avait disparu de toute discussion sérieuse. Permis aux directeurs du théâtre de la loi d'amuser encore le public, pendant quelques représentations à bénéfice, avec cette facétie déjà bien vieille; mais venir aujourd'hui nous la donner pour une bonne vérité, aujourd'hui qu'au milieu des douceurs de cette égalité, *quelques uns* possèdent moralité, science et richesse, pendant que l'*immense majorité* subit le triple esclavage de l'immoralité, de l'ignorance et de la misère; en vérité, de pareilles plaisanteries font mal! Osez-vous bien dire que Saint-Simon n'a pas tenu compte de notre égalité de nature, lui qui a voulu que tous fussent ÉGAUX AU POINT DE DÉPART?... Mais je m'arrête ici; j'ai déjà eu occasion de répondre plus haut à cet étrange rereproche, que j'appellerais presque une étrange calomnie.

M. Massias termine en disant : « Nous nous croyons obligé, « sous peine d'injustice, de confesser que plusieurs disciples « de Saint-Simon sont des hommes d'un talent très remar- « quable, séduits par leurs bonnes intentions mêmes. Leurs « principes, en effet, tiennent à la plus haute philanthropie. « AMÉLIORER LE SORT DE LA CLASSE PAUVRE, ÉTABLIR UNE ASSO- « CIATION UNIVERSELLE POUR L'EXPLOITATION ET L'EMBELLISSE- « MENT DU GLOBE, DONNER EXCLUSIVEMENT LES PLACES AUX CA- « PACITÉS RELIGIEUSES, SAVANTES ET INDUSTRIELLES : voilà, « certes, de belles choses, si elles n'étaient gâtées par l'ex- « cès. »

En remerciant M. Massias pour le compte de ceux d'entre nous auxquels s'adresse son éloge, je lui ferai remarquer qu'ici encore nous sommes en progrès sur les premiers chrétiens, dont Julien disait en parlant aux chrétiens du quatrième siècle :

« Jésus ni Paul ne se sont jamais figuré que vous parvien- « driez à ce degré de puissance que vous avez atteint. C'était « assez pour eux de pouvoir tromper quelques servantes et

« quelques pauvres domestiques, de gagner quelques femmes et quelques hommes du peuple, comme Cornélius et « Sergius. Je consens de passer pour un imposteur si, parmi « tous les hommes qui, sous le règne de Tibère et de Claude, « ont embrassé le christianisme, on en peut citer un seul qui « ait été distingué soit par sa naissance, soit par son mérite (1). »

M. Massias trouve, en résumé, que nous enseignons de belles choses, mais que nous les gâtons par l'excès. Nous ne craignons pas de faire des promesses *tròp* BELLES à l'humanité, car nous savons qu'elle est digne de les entendre, et nous, nous sommes sûrs de les réaliser.

---

(1) Défense du Paganisme, t. III, p. 40, des œuvres complètes de Julien.

L'OISIF ANTIQUE

ET

L'OISIF MODERNE.

M. Ch. Comte, dans un ouvrage (1) qui, malgré son épigraphe (*e pur si muove*), a été couronné, en 1826, par l'Académie française, a présenté, sous une forme simple et ingénieuse, tout ce que l'esclavage a d'immoral aux yeux des peuples qui ont laissé loin derrière eux cette sauvegarde des sociétés antiques. Il aurait pu, pénétrant plus avant dans la relation du maître à l'esclave, se demander si une pareille institution était odieuse seulement parce qu'elle donne à un homme le droit de maltraiter son semblable, ou si elle n'était pas odieuse encore lors même que le fouet et le bâton auraient disparu, lors même que l'esclavage serait traité avec tous les égards d'une civilisation plus avancée. Il aurait vu alors qu'en supposant toutes les brutalités disparues, il restait encore le fait le plus grave, celui du travail d'un homme recueilli *entièrement* par un autre homme, à l'exception de ce qui est indispensable pour que le travailleur ne meure pas de faim et soit à peu près vêtu; et sans doute il aurait été conduit à rechercher comment s'était transformé successivement, dans les sociétés les plus civilisées, ce fait, *immoral* AUJOURD'HUI, de *l'exploitation de l'homme par l'homme.* Il aurait vu alors que sous l'empire des institutions féodales la condition de l'esclave avait été considérablement améliorée, puisque le *serf* ne rendait plus à son *seigneur qu'une partie* du travail dont le *maître* prenait jadis la *totalité.* Puis, passant de la société du moyen âge aux sociétés modernes, il se

(1) *Traité de législation*, ou exposition des lois générales suivant lesquelles les peuples prospèrent, dépérissent ou restent stationnaires; par Charles Comte. Paris, 1826.

serait trouvé face à face avec la propriété et l'héritage, sanctionnés par nos codes, et se serait demandé :

« Toutes les traces de *l'exploitation de l'homme par l'hom-« me* sont-elles effacées à jamais? Ne retrouve-t-on plus, au « sein de notre civilisation, les marques de la violence, de la « force brutale, qui pendant si long-temps réglèrent tous les « prétendus contrats entre les hommes? Les serfs sont-ils « morts sans postérité? »

Et les *prolétaires* auraient répondu : « Nous avons hérité « de leur misère, et nos bras nourrissent encore des oisifs. « On nous a élevés au rang d'hommes *devant la loi* qui inflige « le châtiment; on nous montre encore le ciel quand nous in-« voquons la loi qui récompense. Nous attendons toujours la « parole d'affranchissement. »

M. Comte était digne d'être ému par ce langage. A l'instant se seraient présentés à lui les mots de *loyers, fermages, intérêts, salaires*, sous lesquels, avec des formes plus douces, s'est prolongée l'exploitation des travailleurs; et M. Comte eût appliqué à l'oisiveté qui vit du travail d'autrui le même principe qu'il applique au maître qui vit du travail de son esclave. Ce que ce publiciste n'a pas fait, nous le faisons aujourd'hui en plaçant, en regard de l'ingénieux dialogue qu'il suppose entre une mère et son enfant, les mêmes demandes et les mêmes réponses, dans lesquelles il nous a suffi de substituer un mot à un autre pour que la démonstration qu'il donne relativement à l'esclave devînt aussi frappante relativement au fermier. Assurément personne ne pense et ne peut penser qu'en écrivant ce dialogue l'auteur du *Traité de législation* ait songé à changer brusquement l'ordre des sociétés qui, sur quelques points du globe, sont encore fondées sur *l'esclavage*. Il ne serait pas moins absurde de dire que nous venons bouleverser la société et armer celui qui vit d'un salaire insuffisant contre celui qui vit d'un ample revenu, parce que nous venons annoncer *pour l'avenir* l'abolition de *l'héritage*. Les esprits les plus vulgaires savent que plus une institution est profondément enracinée dans les mœurs, plus il faut de temps pour la modifier successivement et enfin la remplacer; mais ils savent aussi que les sociétés humaines n'ont été *progressivement améliorées* qu'à une condition, c'est que des hommes supérieurs sont venus de distance en distance poser les préceptes nouveaux d'une morale nouvelle. Ainsi Jésus vint *proclamer* la fraternité de tous les hommes au sein d'une société composée de maîtres et d'esclaves; prêchait-il donc la révolte? Ainsi la philosophie *réclama* l'abolition du servage au sein d'une société partagée en seigneurs et en serfs; les philosophes étaient-ils donc des perturbateurs? Qui oserait les accuser? Qui oserait nous accuser? Nous qui, en annonçant *une bonne nouvelle* à la postérité des serfs, signalons le désordre actuel pour poser les premières bases d'un ordre nouveau; nous qui, en proclamant que le règne de l'osiveté touche à sa fin, savons reconnaître que la constitution actuelle de la propriété est l'unique débris sur lequel puissent s'appuyer encore nos sociétés ébranlées, pour être préservées de l'anarchie la plus délirante, jusqu'au jour où la loi nouvelle aura élevé un édifice nouveau à la place de ce débris chancelant.

« Il est peu de questions de législation, dit M. Comte dans « le passage que nous citons, qui puissent être bien résolues sans « le secours des principes *de la morale*. » De la morale! mais de laquelle? Est-ce de la morale païenne, qui sanctionnait l'esclavage? ou de la morale catholique, qui faisait de la résignation une vertu? Assurément M. Comte ne le pense pas; mais il croit peut-être que la morale est un petit code dont les articles sont gravés dans le cœur de l'homme depuis la création, et qu'il suffit de le consulter pour recevoir l'inspiration du bien et du mal, du juste et de l'injuste. Mais si aujourd'hui M. Comte trouve dans son cœur ces mots profondément gravés : HORREUR DE L'ESCLAVAGE, HORREUR DE LA VIOLENCE, pense-t-il qu'à trois mille ans derrière nous les hommes *les plus moraux* obtenaient la même réponse quand ils interrogeaient leur conscience! Il ne peut le croire : car l'imposant et inflexible témoignage de l'histoire tout entière viendrait le démentir. Il reconnaîtra donc avec nous que la morale n'échappe pas à la loi générale de l'humanité, et qu'elle a été *progressive* comme l'humanité elle-même; il reconnaîtra qu'au sein d'une société composée d'oisifs et de travailleurs, nous pouvons légitimement proclamer que là sont les dernières traces de la violence, et que le jour est enfin venu où les hommes les plus avancés doivent graver dans le cœur de leurs semblables ces nouveaux préceptes de morale:

ABOLITION DE L'HÉRITAGE.
A CHACUN SELON SA CAPACITÉ, A CHAQUE CAPACITÉ SELON SES OEUVRES.

EXTRAIT DU TRAITÉ DE LÉGISLATION DE M. C. COMTE.

(Tom. 4, p. 369-371.)

« Un enfant, je suppose, voit un « Américain amener à sa suite des « hommes ou des femmes dont il « se dit le maître et dont il dispose, « ou qu'il maltraite, sans que les « magistrats y prennent garde ; il « s'adresse à sa mère : Pourquoi, « lui demande-t-il, cet homme « peut-il disposer de cet autre?

« C'est parce que l'individu « dont il dispose est son esclave.

« Pourquoi cet individu est-il « son esclave?

« Parce que les lois le veulent « ainsi.

« Une chose est donc juste tou« tes les fois que la loi le veut?

« Sans doute, mon fils.

« Et qui a fait la loi?

« Ce sont les possesseurs des « terres.

« Les possesseurs des terres ont « donc fait la justice?

« Je le pense.

« Pourquoi ont-ils fait une loi « pour rendre l'esclavage juste?

« Parce que c'était leur intérêt?

« Ce qu'on fait est donc juste « quand on suit son intérêt?

« Quelquefois.

« Pourquoi les hommes esclaves « n'ont-ils pas rendu une loi pou » faire que leur liberté fût juste?

TRADUCTION ASSEZ FIDÈLE.

(La scène se passe en Europe.)

Un enfant, je suppose, voit un propriétaire recevoir gravement des hommes et des femmes qui sont ses fermiers et ses fermières, et qui lui apportent humblement, en l'appelant leur maître, l'impôt qu'il prélève sur leur travail, sans que les magistrats y prennent garde. L'enfant s'adresse à sa mère : Pourquoi, lui demande-t-il, cet homme peut-il disposer ainsi du travail des autres?

C'est parce que ces individus que tu vois sont ses fermiers.

Pourquoi sont-ils ses fermiers, ses tributaires?

Parce que les lois le veulent ainsi.

Une chose est donc juste toutes les fois que la loi le veut?

Sans doute, mon fils.

Et qui a fait la loi?

Ce sont les possesseurs des instruments de travail.

Les possesseurs des instruments de travail ont donc fait la justice?

Je le pense.

Pourquoi ont-ils fait une loi pour rendre l'oisiveté possible et même juste?

Parce que c'était leur intérêt.

Ce qu'on fait est donc juste quand on suit son intérêt?

Quelquefois.

Pourquoi les prolétaires n'ont-ils pas rendu une loi pour faire que la misère ne fût pas leur unique héritage?

« C'est parce qu'ils n'étaient pas « les plus forts.

« On a donc toujours raison « quand on est le plus fort? Mon « papa est-il propriétaire ?

« Oui, mon enfant.

« Pourquoi ne fait-il pas une « loi pour rendre nos domestiques « esclaves ? cela serait bien com- « mode, car ils ne pourraient pas « nous quitter, et ils feraient tout « ce que je voudrais.

« C'est que cela ne serait pas « bien.

« Nous ne sommes donc pas les « plus forts?

« Non, mon enfant.

« Pourquoi cet homme n'est-il « pas puni quand il bat son escla- « ve, comme on punit ici les hom- « mes qui battent les autres?

« C'est que cela ne serait pas « juste.

« Et quelle est la raison de cela?

« C'est que l'homme battu est « son esclave.

« Si l'enfant du jardinier était « mon esclave, je pourrais donc « le battre aussi, et cela serait « juste ? »

« Voilà la sublime morale qu'ap- « portent les possesseurs d'hommes « chez les peuples mêmes qui ont « prétendu proscrire l'esclavage. « L'intérêt et la force qui existent « à un instant donné deviennent « les seules règles de morale que « tout individu consulte. La masse

C'est parce qu'ils n'étaient pas les plus forts.

On a donc toujours raison quand on est le plus fort? Mon papa est-il propriétaire ?

Non, mon enfant; il est prolétaire, et vit du travail de ses mains.

Pourquoi ne fait-il pas une loi en vertu de laquelle nous puissions vivre sans rien faire ? Cela serait commode : nous aurions tout ce qui nous manque, et je ferais tout ce que je voudrais.

Ton père gagne péniblement le nécessaire pour lui et sa famille ; il ne pourrait que par le vol nous faire vivre sans rien faire : or cela ne serait pas bien, et il serait justement puni.

Nous ne sommes donc pas les plus forts ?

Non, mon enfant.

Pourquoi cet homme n'est-il pas puni pour vivre sans rien faire, comme le serait mon père pour le même fait ?

C'est que cela ne serait pas juste.

Et quelle est la raison de cela ?

C'est que les hommes qui le font vivre sont ses fermiers.

Tout dépend donc du nom que porte celui sur lequel on prélève de quoi vivre sans travail, pour que cela soit juste ?

Voilà la sublime morale qu'apportent les possesseurs des terres chez les peuples mêmes qui ont prétendu proscrire l'exploitation de l'homme par l'homme. L'intérêt et la force qui existent *à un instant donné* deviennent les seules règles de morale que tout indi-

« de la population peut ne pas suivre toujours la série d'idées que je viens d'exposer; mais il est impossible qu'elle n'arrive pas aux mêmes conclusions, quand elle voit ce qui se pratique sous ses yeux et ce qui se professe dans les assemblées législatives et dans les cours judiciaires. Aussi, lorsque les voyageurs anglais nous assurent que l'existence de l'esclavage sur quelques états donne de la brutalité à tous les esprits et affaiblit les sentiments d'humanité dans toute l'étendue des Etats-Unis, non seulement on se sent disposé à ajouter foi à leur témoignage, mais on ne concevrait pas que le contraire pût arriver.

« Il est peu de questions de législation qui puissent être bien résolues sans le secours des principes de la morale; mais comment ces principes seraient-ils entendus dans des assemblées où près de la moitié des membres sont des possesseurs d'hommes? Est-ce à de tels individus qu'il sera permis de parler du respect que l'on doit aux personnes, au travail, à l'industrie? Dans quel code de morale trouveront-ils la ligne de séparation entre l'être humain qui est une personne, et l'être humain qui est une chose? Dans toutes les questions où l'intérêt de la liberté des citoyens se trouvera en oppposition avec l'intérêt des possesseurs d'hommes, pense-t-on que ce ne sera pas le premier qui sera sacrifié? Si la posses-

vidu consulte. La masse de la population peut ne pas suivre toujours la série d'idées que je viens d'exposer; mais il est impossible qu'elle n'arrive pas aux mêmes conclusions quand elle voit ce qui se pratique sous ses yeux, et ce qui se professe dans les assemblées législatives et dans les cours judiciaires. Aussi, lorsque des disciples, que l'on appelle encore des rêveurs, assurent que l'existence de l'héritage sur la vieille Europe donne un brutal égoïsme à tous les esprits, et affaiblit les sentiments dans toute l'étendue du globe, non seulement on se sent disposé à ajouter foi à leur témoignage, mais on ne concevrait pas que le contraire pût arriver.

Il est peu de questions de législation qui puissent être aujourd'hui bien résolues sans le secours des principes d'une *morale nouvelle;* mais comment ces nouveaux principes seraient-ils entendus dans des assemblées où *la totalité* des membres sont des propriétaires oisifs d'instruments de travail? Est-ce à de tels individus qu'il sera permis de parler du respect que l'on doit au travail, de la honte due à l'oisiveté? Dans quel code de morale trouveront-ils que la société ne doit rien à qui ne fait rien, et que dès ce monde chacun doit être rétribué selon ses œuvres? Dans toutes les questions où l'intérêt de la liberté des hommes se trouvera en opposition avec l'intérêt des possesseurs oisifs d'instruments de travail, pense-t-on que ce ne sera pas le premier qui

« sion des maîtres est menacée, il « faudra qu'ils la justifient; il fau« dra réduire en maximes géné« rales ce qui se passe dans la « pratique; il faudra établir que « leur possession est juste par ce« la seul que la loi l'a consacrée. « Or, une fois que l'on arrive à « de pareilles maximes, il ne s'a« git que d'avoir une force suffi« sante pour faire la loi; car dès « ce moment toutes les tyrannies « sont justifiées. On dit que les « possesseurs d'esclaves sont des « défenseurs très zélés du gouver« nement démocratique, et qu'ils « ne parlent de la liberté qu'avec « enthousiasme. Cela se peut; « mais si les habitants des pays « libres peuvent alors les entendre « sans pitié ou sans dégoût, il « faut que la contagion de la ser« vitude ait singulièrement aveu« glé les esprits ou dépravé les « sentiments. »

sera sacrifié? Si la possession des propriétaires est menacée, il faudra qu'ils la justifient; il faudra réduire en maximes générales ce qui se passe dans la pratique; il faudra établir que leur possession est juste par cela seul que la loi l'a consacrée. Or, une fois que l'on arrive à de pareilles maximes, il ne s'agit que d'avoir une force suffisante pour faire la loi : car dès ce moment toutes les tyrannies sont justifiées. On dit que les propriétaires sont des défenseurs très zélés du gouvernement démocratique, et qu'ils ne parlent de la liberté qu'avec enthousiasme. Cela se peut; mais, si les habitants des pays les plus avancés peuvent alors les entendre sans pitié ou sans dégoût, il faut que la contagion de l'oisiveté ait singulièrement aveuglé les esprits ou dépravé les sentiments.

IMPRIMERIE DE GUIRAUDET, RUE SAINT-HONORÉ, N. 315.

PUBLICATIONS

SUR LA

DOCTRINE SAINT-SIMONIENNE.

	Fr.	C.
Le Globe, journal quotidien de la Doctrine de Saint-Simon.		
L'Organisateur, gazette hebdomadaire des Saint-Simoniens.		
Exposition de la Doctrine de Saint-Simon; 1re année, 1 vol. in-8°, 3e édition	4	»
Exposition de la Doctrine de Saint-Simon; 2e année, 1 vol. in-8°, *sous presse*.		
Tableau synoptique de la Doctrine de Saint-Simon.	3	»
Appel aux Artistes; broch. in-8°.	3	»
Lettres sur la Religion et la Politique; in-8°. .	3	»
Cinq Discours de M. Transon aux Élèves de l'Ecole Polytechnique	2	»
Enseignement central; broch. in-8°	2	»
Extrait de la Revue Encyclopédique; br. in-8°.	1	50
La Presse; articles extraits du Globe. . . .	»	»
Économie politique et Politique; articles extraits du Globe.	2	»

www.ingramcontent.com/pod-product-compliance
Ingram Content Group UK Ltd.
Pitfield, Milton Keynes, MK11 3LW, UK
UKHW020421220726
13923UKWH00005B/2095